BRUJAS, LECHUZAS Y ESPANTOS

por Alonso M. Perales

PIÑATA
BOOKS

PIÑATA BOOKS
ARTE PÚBLICO PRESS
HOUSTON, TEXAS

Brujas, lechuzas y espantos ha sido subvencionada por la Ciudad de Houston por medio del Houston Arts Alliance y por el Exemplar Program, un programa de Americans for the Arts en colaboración con LarsonAllen Public Services Group, un programa de la Fundación Ford.

¡Piñata Books están llenos de sorpresas!

Piñata Books
An imprint of
Arte Público Press
University of Houston
452 Cullen Performance Hall
Houston, Texas 77204-2004

Ilustraciones y diseño de la portada de Giovanni Mora

Perales, Alonso M. (Alonso Marroquín), 1926-
    Brujas, lechuzas y espantos / por Alonso M. Perales ; traducción al inglés de John Pluecker = Witches, Owls and Spooks / by Alonso M. Perales ; English translation by John Pluecker.
        p.   cm.
    Summary: Six eerie tales featuring owls, told in English and Spanish, reveal superstitions about these unusual birds, as well as the culture of the barrio and Mexican Americans who live there.
    ISBN 978-1-55885-512-0 (alk. paper)
    [1. Owls—Fiction. 2. Supernatural—Fiction. 3. Mexican Americans—Fiction.] I. Pluecker, John, 1979- II. Title. III. Title: Witches, Owls and Spooks.
    PZ73.P4638 2008
    [Fic]—dc22
                                                          2007047398
                                                          CIP

♾ El papel utilizado en esta publicación cumple con los requisitos del American National Standard for Information Sciences—Permanence of Paper for Printed Library Materials, ANSI Z39.48-1984.

8 9 0 1 2 3 4 5 6 7   10 9 8 7 6 5 4 3 2 1

ÍNDICE

Para mis nietos y bisnietos:
"Mantengan viva nuestra cultura".

PRÓLOGO

Con estos cuentos folclóricos sobre lechuzas, brujas y espantos, Alonso Perales continúa su labor de enriquecer y dar a conocer la lengua y la cultura hispana como parte importante de la grandeza de Texas. La edición bilingüe de este libro nos recuerda el valor y respeto que merece el idioma español a la par del idioma oficial inglés.

La literatura contemporánea en español de los tejanos es testimonio de nuestra procedencia, y en esta colección, Alonso nos enseña cómo transmitir nuestra herencia a las futuras generaciones. Cuando compartimos estos cuentos con nuestros hijos estamos edificando un legado para las futuras generaciones.

Brujas, lechuzas y espantos nos transporta a un mundo de fantasía y al mismo tiempo a un pasado y a una realidad distinta a la nuestra. Estos cuentos contienen grandes lecciones espirituales que enriquecerán la vida de nuestros hijos y la de los hijos de nuestros hijos.

Juan Torres Soler
Xabia, España
2008

INTRODUCCIÓN

Existen muchas leyendas sobre la lechuza. Todos los barrios tienen sus propios cuentos sobre este pájaro y cada versión describe a la lechuza de diferente manera. Algunos cuentos la describen vestida de blanco con cuerpo de mujer y cara de lechuza. Otros la describen como un monstruo con cola y cuernos de diablo. Y aún otros dicen que la lechuza, a veces, se vuelve hombre y se alimenta chupando sangre. Como la lechuza siempre sale de noche, todos los cuentos empiezan de la misma forma: *Una oscura noche . . .*

Todos los cuentos tienen algo misterioso y terminan en una tragedia. Según estos relatos, las lechuzas llevan consigo la mala suerte. Para evitar la tragedia o la mala suerte al ver una lechuza, se dice que es necesario chiflarle y echarle maldiciones. También se dice que hay que tirarle sal para ahuyentarla.

¡Pobre lechuza! ¡Es tan buena! Le sirve al hombre como ningún otro pájaro. Es la más servicial y la más despreciada. Entre otras cosas ayuda al ranchero a terminar con las ratas y otros enemigos.

Todas las lechuzas son corpulentas, de cuerpo corto, cabeza y ojos grandes y con alas y garras bastante poderosas. Aunque tienen fama de ser sabias, se consideran que son menos inteligentes que el pato o la urraca. Los ojos de la lechuza nunca se mueven, y la lechuza siempre tiene la vista clavada al frente, lo que le da un aspecto misterioso. Para poder mirar hacia los lados, debe mover la cabeza. Tiene visión binocular; es decir, la lechuza puede ver con ambos ojos a la vez como lo hace el ser humano. Ningún otro pájaro puede hacer esto.

Los cuentos que aquí se relatan nos los contaba don Cecilio. No importa si los cuentos son verdaderos o no. Lo importante es que en ese tiempo eran muy interesantes y como todos los cuentos buenos nunca se olvidan.

Alonso M. Perales

DON CECILIO

Esa noche hacía un frío tremendo y aunque Papá y Mamá no querían que saliéramos de casa, los habíamos convencido para que nos dejaran ir a la casa de don Cecilio a escuchar otro de sus famosos cuentos. Al cabo, don Cecilio vivía cerca y le aseguramos a Mamá que con las chamarras y los sacos no tendríamos frío.

Todos los niños del barrio estaban alrededor de don Cecilio, ansiosos de escuchar esos cuentos que nos daban escalofríos y nos ponían el pelo de punta. Afuera, el silbido del viento se mezclaba con el chillido de una lechuza que sabíamos que se encontraba en el árbol frente a la casa. La habíamos visto muchas veces allí, gorgoteando y clavándonos la vista. El cuarto donde nos juntábamos no tenía suficientes sillas para todos, pero no eran necesarias, pues siempre nos sentábamos en el piso. La luz opaca de la lámpara daba un calorcito agradable. De vez en cuando, una corriente de frío se colaba por las rendijas del cuarto y atravesaba nuestros cuerpos hasta llegar a los huesos.

Como era costumbre, don Cecilio llenaba su taza de café, se sentaba en su sillón y empezaba a saborearlo. Nosotros, ansiosos de escuchar el cuento de esa noche, sabíamos que con cada sorbo se acercaba la historia.

—Una noche oscura, en el barrio —empezaba don Cecilio. Ésta era la señal de que ya empezaba el cuento.

EL BULTO

Contaban en mi barrio que hace mucho tiempo, en un rancho al sur del pueblo vivía una familia compuesta del marido, su mujer y siete hijos pequeños.

Un día, mientras los niños jugaban afuera, cerca del monte, uno de ellos desapareció. La mamá los había llamado a cenar y todos habían respondido excepto Tomás, el más pequeño.

—¡Tomás! ¡Tomasito! —gritaba Mamá. Pero Tomasito no contestaba. Entonces Papá salió hacia el monte a buscar al niño. Al llegar a un árbol, se subió a él y gritó por todos lados—. ¡Tomás! ¡Tomás! —Pero Tomás no contestaba. Ya se acercaba la noche y todo alrededor empezaba a perderse en la oscuridad.

Papá bajó del árbol y empezó a caminar hacia el rancho. Al llegar a la casa vio que por encima de los árboles volaba una lechuza. El pájaro sujetaba un bulto con las garras. Pero Papá no pudo ver muy bien, pues ya estaba oscuro y además, la lechuza volaba muy rápido.

Papá pensó. *¿Será posible que ese bulto sea Tomasito? ¡No! ¡Es imposible! Una lechuza no puede cargar a un niño que pesa por lo menos cuarenta libras.*

Papá llegó a la casa y se detuvo un rato antes de entrar. Miró hacia el monte y suspiró tristemente. Entró y encontró a su mujer llorando.

—Tenemos que ser fuertes y tener mucha fe en Dios y en la Virgen María —dijo. Toda la familia se sentó a cenar pero nadie tenía hambre.

Tomasito hacía mucha falta en la casa. Aunque era el más malcriado era también el más querido por todos.

Por fin llegó la medianoche y todos se durmieron menos Papá. Estaba acostado con la vista clavada al techo. Pensaba en la lechuza y se preguntaba, *¿Será posible que ese bulto que llevaba la lechuza fuera mi hijo?*

Pasó el tiempo y la familia seguía buscando a Tomasito. No perdían la esperanza de volverlo a ver aunque Papá y Mamá dudaban que lo encontraran vivo.

Papá había notado que una lechuza había empezado a visitar el rancho desde que se había perdido Tomasito. Siempre llegaba y se paraba en un árbol cercano a la casa. No estaba seguro, pero parecía la misma lechuza que había visto aquella noche de la desapareción de su hijo. Era grande, de color gris y tenía unos enormes ojos. En dos o tres ocasiones, Papá había intentado matarla pero no había tenido éxito. Cada vez que apuntaba la escopeta, la lechuza volaba hacia otro árbol y se paraba en él.

Una noche, mientras todos dormían, un ruido despertó a Papá. Abrió los ojos y escuchó atentamente. Parecía oír la voz de uno de sus hijos. Se levantó, se vistió y fue al cuarto donde dormían los niños. Todos estaban allí, todos estaban dormidos.

Papá seguía escuchando como si alguien llorase. Entonces salió de la casa y buscó por todos lados. Nada. Caminó hasta llegar detrás de la casa. Nada. Otra vez oyó la voz. Pero esta vez se oía más cerca y más clara. Parecía ser la voz de Tomasito y parecía venir del monte. Papá cogió la lámpara y empezó a caminar hacia donde se oía la voz. Llegó al monte y con la ayuda de la luz de la lámpara, siguió caminando. Mientras más caminaba, más cerca se oía la voz. Desesperado pensando que la voz era de Tomasito, Papá gritaba: —¡Tomás! ¡Tomasito! Soy yo, tu papá. ¿Dónde estás, hijo?

Papá empezó a correr y ya no le importaba por dónde pisaba. Las ramas y las hierbas le rasguñaban los brazos y le rompían la ropa.

—¡Tomás, hijito! ¿Dónde estás? —gritaba Papá.

—¡Papá! ¡Papá! ¡Aquí estoy! —contestaba la voz.

Papá seguía corriendo como un loco.

Los gritos de Papá despertaron a Mamá quien se levantó muy asustada. Al no encontrar a su esposo a su lado, fue a buscarlo. Fue al cuarto de los niños pero no lo encontró. Salió otra vez y oyó los gritos de su esposo y lo vio entrar al monte.

—¡No! ¡No! ¡No entres! —gritó Mamá pero era demasiado tarde, pues Papá no la escuchó y empezó a correr como un loco.

Después de un largo rato, Mamá vio una lechuza volar por encima de los árboles. Volaba velozmente y parecía sujetar un bulto con las garras. El bulto era bastante grande y pesado pues la lechuza apenas podía volar.

Mamá pensó, *¿Será posible? ¿Será posible que el bulto que lleva sea mi esposo?*

Al año de haber desaparecido Tomasito y su papá, Mamá decidió mudarse del rancho. Arrendó una casa al otro lado del pueblo y allí cuidó de sus otros hijos. A todos los vecinos les contaba cómo una lechuza se había llevado a Tomasito y a su esposo.

La gente que pasaba cerca del rancho donde Mamá y su familia vivían antes, decían que la casa siempre estaba llena de lechuzas y, por la noche, siempre se oían unas voces que gritaban: — ¡Tomás! ¡Tomás! ¡Papá! ¡Papá!

VIOLETA

La gente del barrio juraba que la viejita que vivía en la esquina cerca del arroyo era bruja y que se convertía en lechuza por las noches. Aunque no la habían visto hacerlo, todos creían que era verdad. Por este motivo nadie quería pasar cerca de su casa. Así que cuando empezaba a oscurecer, todos los niños que jugaban cerca de la esquina se metían en sus casas. Los que debían pasar por la casa de la viejita, preferían caminar dos o tres cuadras más y tomar otro rumbo antes que pasar por allí.

Una noche, mientras los niños jugaban, una lechuza voló cerca de ellos y se posó en un árbol. Fijó los ojos en los niños y empezó a gorgotear. Al ver la lechuza, todos los niños corrieron a sus casas. Pero a Violeta no se le ocurrió que también debía correr y así pues, se quedó jugando.

La viejita salió de la casa y al ver a la lechuza en el árbol tan cerca de Violeta, se acercó a la niña. La viejita le hizo una seña a la lechuza y ésta dejó de gorgotear.

—¿Qué haces aquí, hija mía? —preguntó la viejita.

—Pues no soy su hija y ¿que no ve? Estoy jugando —contestó Violeta.

—Lo sé, niña —respondió la viejita.

Violeta siguió jugando.

—Dime —preguntó la viejita—, ¿No me tienes miedo?

—¿Y por qué le voy a tener miedo? —contestó Violeta—. ¿Que no ve que soy tan fea como usted?

La viejita se sentó al lado de Violeta y las dos se pusieron a platicar. Se les pasó volando el tiempo y como Violeta era huérfana, los parientes con quienes vivía no se preocupaban por ella. No la mandaban a la escuela, así que Violeta no sabía ni leer ni escribir. Tampoco les importaba si estaba sucia o limpia, por eso Violeta siempre andaba despeinada y desaliñada.

—Dime, Violeta, ¿te gustaría ser muy bonita y muy inteligente?

—¿Y de qué me serviría eso? —contestó Violeta.

—Pues siendo bonita e inteligente podrías ser muy rica y tener mucho poder —respondió la viejita.

Violeta pensó un poco. Era verdad. Siendo bonita e inteligente podría hacerse rica de verdad y tener criados por todos lados. Además podría viajar por todo el mundo y dejar de depender de los parientes que no la querían.

—Sí, pero no sé qué debo hacer. ¿Usted me puede ayudar?

—No es tan fácil, pero si me regalas tu alma te puedo ayudar.

—¿Y para qué quiere mi alma? —preguntó Violeta.

—La necesito, hija mía. La necesito, —declaró la viejita sonriendo.

—Sí, pero ¿para qué?

—Eso a ti no te importa.

—Entonces, ¿cómo me voy a ver bonita e inteligente sin alma?

—¡Ay, qué niña! ¡Qué tontita eres!

La viejita le explicó que la iba a convertir en una muchacha muy bonita e inteligente. Luego que Violeta hubiera pasado mucho tiempo disfrutando de su hermosura la iba a visitar una lechuza. Esta visita ocurriría un poco antes de que Violeta se muriera.

—La lechuza te chupará la sangre con tu alma y me la traerá a mí —declaró la viejita.

Violeta con toda la ilusión de ser rica, bonita e inteligente hizo el trato con la viejita.

No cabía duda que Violeta era ahora la más bella y la más inteligente del barrio.

—¡Mira qué bonita se ha puesto Violeta! —decían los muchachos del barrio.

—¡Mira qué inteligente se ha hecho! —decían las muchachas.

Después del trato, Violeta empezó a visitar con frecuencia a la viejita. Esto causó muchos chismes en el barrio. Además, sus amigos poco a poco dejaron de tratarla y al poco tiempo nadie se le acercaba.

Violeta echaba de menos a sus amigos así es que un par de meses más tarde reflexionó y pensó que no era buena idea cambiar el alma por tales cosas como la hermosura y la inteligencia.

Una noche, Violeta le dijo a la viejita: —Mire, de nada me sirve ser bonita e inteligente. Por favor rompa el trato que hicimos.

—¡Imposible! —contestó la viejita—. El trato está hecho y cerrado.

A Violeta le dio mucho coraje y la viejita lo notó. En eso se acercó una lechuza y empezó a atacar a Violeta. Lo primero que hizo fue agarrarle el cabello e intentar chuparle el cuello. Violeta le dio unos golpes pero no podía deshacerse de ella. La viejita se reía y chillaba a la vez. Violeta no sabía qué hacer. De repente vio un palo, lo cogió y le dio con él a la lechuza. Fue necesario darle tres, cuatro, cinco golpes para que se alejara. Entonces, se le hechó encima la viejita. Ella tambíen cogió los cabellos de Violeta y quiso chuparle la sangre. Pero Violeta se libró y salió corriendo de la casa.

La viejita corrió detrás de Violeta pero se tropezó al pasar por la puerta y cayó al suelo. Parecía haberse lastimado un pie porque no se podía levantar. Violeta, que ya estaba en el cerco de enfrente se detuvo y se dio la vuelta. Allí vio a la viejita convertirse en una lechuza. Violeta se alejó de la casa y avisó a la gente del barrio. Al regresar a la casa a ver a la viejita todo lo que encontraron fueron lechuzas muertas por todo el jardín.

¿QUÉ RESOLLÓ?

Don Jacobo contaba que fuera de su rancho, al lado de una noria se aparecían unas bolas de lumbre. Esto siempre ocurría por la noche y después de una tempestad. Don Jacobo vivía con su esposa, solos los dos en ese ranchito.

La gente del pueblo le aseguraba que donde había lumbre de seguro había un tesoro, pues decían que en tiempos pasados cuando los españoles andaban por todo Tejas, dejaban oro y plata enterrados en todas partes. Estas historias le interesaban mucho a don Jacobo.

Una noche, al ver las bolas de lumbre, don Jacobo se animó a buscar el tesoro. Pensó que como él era muy religioso y siempre asistía a misa cuando los padrecitos visitaban el pueblo, estaría protegido en caso de que algo malo sucediera.

Según las instrucciones que contaban en el pueblo, era necesario seguir las bolas de lumbre hasta que se apagaran. Al apagarse señalarían dónde estaba enterrado el tesoro. De allí en adelante todo lo que tendría que hacer era cavar.

Con mucho esfuerzo, convenció a su mujer de que fuera con él. Ella no tenía muchas ganas pues sabía que esto de las bolas de lumbre y del tesoro no

era nada menos que cosas del diablo. Pero por fin se animó. Así es que cargados cada uno con talache y pala, empezaron a caminar cuidadosamente hacia el lugar donde se veían las bolas de lumbre.

Caminaron y caminaron. Por el lado del arroyo, alrededor de la noria, dentro y fuera del monte. Tanto caminaron que ya estaban muy cansados.

Por fin, las bolas de lumbre dejaron de moverse y poco a poco se fueron apagando.

—Aquí es donde cavamos —dijo don Jacobo.

—No, viejito, mejor vámonos a casa, yo tengo miedo —dijo la esposa.

—Pues no me creas tan valiente, yo también tengo miedo —contestó don Jacobo—. Al andar corriendo detrás de las bolas oí un gemido.

A pesar del miedo, empezaron a cavar. Mientras más cavaban más miedo les daba. Y el miedo les decía que era mejor volver a casa.

Don Jacobo entonces sugirió: —Mejor yo cavo y tú rezas.

—¿Qué rezo yo? —preguntó la esposa.

Al oírla decir esto, don Jacobo aventó el talache y empezó a correr. La esposa no queriendo quedarse sola, echó a correr detrás de él.

Cuando llegaron a casa, la esposa le preguntó por qué había abandonado el plan y echado a correr.

—¿Pues no dijiste, "¿qué resolló?"

—¡No, tonto! dije "¿qué rezo yo?"

DOÑA VICTORIA

Habían pasado tres o cuatro días y doña Victoria seguía agonizando. Hacía varios meses que estaba enferma pero hoy se había puesto muy grave.

—Pobrecita, tan buena que era —decía Mamá.

Yo recordaba la vez que me había salido un *tacote** debajo del ojo izquierdo. Además del dolor que me causaba el maldito tacote, mis amigos se burlaban de mí. Tenía ese lado de la cara tan hinchado que decían que parecía un sapo.

Bueno, recordaba que doña Victoria era la única que me había curado. Me había puesto una solución de manteca con no sé qué en una hoja de higo. La calentaba y mientras me la ponía en el tacote, empezaba a rezar. Mamá me llevaba dos veces por día para que me curara. A las dos semanas se desapareció el tacote.

Así era doña Victoria. Todos los del barrio iban con ella cuando necesitaban curarse. Tenía remedios para todas las enfermedades.

—Vamos a ver cómo sigue doña Victoria —dijo Papá. Aunque yo no tenía muchas ganas de ir sabía que era inútil pedir que me dejaran solo. En primer

---

*También se conoce como Tlacote, Clacote, Divieso o Furúnculo.

lugar, pensaban que todavía era un niño para estar solo en casa. Además, como doña Victoria me había curado de ese maldito tacote, tenía la obligación de acercármele y darle un beso en la mano para mostrarle mi agradecimiento.

Esa noche caminamos a la casa de doña Victoria. Acostumbrábamos a caminar por el medio de la calle puesto que no había banquetas. Casi no había carros por ese barrio y las calles no pavimentadas siempre estaban vacías. Caminábamos por la calle cuando Mamá y Papá, uno a cada lado, pararon de repente. Yo miré a Mamá y a Papá y ambos tenían la vista clavada hacia adelante.

Yo también miré hacia adelante pero no noté nada raro. Papá entonces le preguntó a Mamá: —¿Qué ves?

—¡Nada! —contestó Mamá y se persignó—, sigamos.

Se persignó por segunda vez unos pasos más adelante. Al llegar a casa de doña Victoria, una persona salió corriendo. Era una persona alta y delgada de rostro pálido. Vestía un traje blanco y salió corriendo tan rápido que casi se tropezó con nosotros. Al pasar rozó su brazo con el mío y sentí un frío muy raro. La vimos correr por toda la calle hasta que desapareció.

—No conozco a esa persona. No la he visto por aquí —dijo Papá.

—Yo tampoco —dijo Mamá—. Ha de ser algún conocido de doña Victoria.

En eso oímos lamentos. Entramos rápidamente, doña Victoria había muerto. Yo no sentía nada. Más bien me sentía confundido pues había muchas cosas que todavía no entendía. Sí me dio lástima ver a Mamá llorar y a Papá muy triste.

Me dejaron salir al patio mientras Papá y Mamá terminaban con sus obligaciones. Yo ya conocía bien las costumbres del barrio cuando había un difunto. Todas las familias debían ponerse al servicio de la familia de la tragedia. Había que llamar al padre de la iglesia, hablar con los del camposanto y conseguir el cajón. Igualmente había que preparar la casa para los visitantes y encontrarles un lugar donde quedarse si es que pasaban la noche allí. También había que preparar la comida. Todos los del barrio daban algo para el alimento u ofrecían sus casas para los que asistían al velorio.

El velorio era una ocasión muy especial para los niños. Nos ponían a todos en un solo cuarto y nos acostaban en el piso. Nos pasábamos toda la noche platicando, haciéndonos reír los unos a los otros y escuchando los chistes que los señores decían afuera. Claro que aquellos chistes no eran para nuestros oídos.

En todo esto estaba pensando mientras esperaba a Papá y a Mamá en el patio. Apenas iba a empezar a jugar a las canicas cuando escuché una voz que decía.

—Pss't, Chito. ¡Oye, Chito, ven acá!

Me di la vuelta y vi a una persona parada en la oscuridad.

Lo primero que pensé fue, *¿y cómo sabe mi nombre?*

La curiosidad me hizo acercarme hacia donde venía la voz. Lo primero que noté fueron sus ojos y su pálido rostro. Los ojos le brillaban como el fuego. Su cara parecía estar cubierta de harina blanca.

Estiró la mano para coger la mía pero me hice a un lado y no lo permití.

—Oye, ¿quieres ir con doña Victoria? —me preguntó.

—¿Adónde? —le contesté.

—A un lugar muy lejos de aquí —contestó.

—¡No! No quiero ir con usted —dije.

—¡Sí, niño! No seas caprichoso. Ven conmigo.

El hombre no hacía caso y empezó a caminar hacia donde yo estaba. Estiró los brazos para alcanzarme.

—Ven conmigo, niño —dijo.

—¡No! ¡No! —grité y seguí caminando hacia atrás.

En eso empecé a gritar con todas mis fuerzas:
—¡Mamá! ¡Papá!

Desperté al sentir una toalla fría en la cabeza. Estaba empapado en sudor. Sentía un dolor tremendo en la cabeza y también me sentía muy cansado. Al abrir los ojos, a la primera persona que vi a mi lado fue a doña Victoria. Estaba sentada en mi cama y me ponía algo en el pecho mientras decía unos rezos. Me dio tanto gusto verla que la abracé.

—¡Ya, mi hijito! —fueron sus primeras palabras—. Ya te sentirás bien. Has estado muy enfermo pero ya te vas a aliviar.

En ese instante comprendí que todo había sido un sueño. Un sueño horrible. Una pesadilla.

LA CURANDERA DEL BARRIO

La letanía de oraciones cruzaba el aire desde el solar de doña Victoria, entraba por la ventana y llegaba hasta donde yo dormía. Las voces monótonas de las oraciones me recordaban un rosario que se extendía desde el solar hasta el piso de aquel cuarto donde yo dormía. No teníamos suficientes camas para toda la familia y nos acostábamos donde hubiera espacio. Esa letanía de oraciones melódicas fue lo que me despertó. Me levanté y me asomé por la ventana. Empecé a escuchar atentamente.

—Santo Niño de Atocha, brinda buena salud a esta jovencita.

—Te rogamos, Señor.

—Don Pedrito Jaramillo, dale fuerza a esta criatura.

—Te rogamos, Señor.

—Jesús bondadoso, hecha fuera todos los males que lleva esta mujercita.

—Te rogamos, Señor.

Así seguía doña Victoria con sus plegarias a la vez que, con una escoba, barría todo el cuerpo de la joven. La noche nublada no me permitía ver claramente quién estaba acostado en el zacate ni tampoco quiénes estaban presentes. Sólo cuando se disper-

saron las nubes y dejaron que la luna iluminara el solar, me di cuenta de lo que estaba pasando.

Doña Victoria estaba curando a alguien. Ella tenía fama de curandera en el barrio. Era experta en toda forma de curaciones caseras. Y como por ser un barrio pobre había escasez de clínicas, médicos y medicinas, todos los enfermos acudían a ella. No importaba qué enfermedad sufrieran: empacho, gripe, aires en la espalda, embarazo, dolor de huesos, mal de ojo, sustos, mala suerte, doña Victoria tenía recetas para cualquier mal. También conocía toda forma de tratamientos espirituales para cualquier ocasión. Doña Victoria no cobraba por las curaciones, sólo aceptaba donaciones —fruta, verduras, regalos y guisados. En fin, lo que la gente tuviera a su disposición ya que había bastante escasez de trabajo en toda esa región.

En el zacate, acostada boca arriba y con las manos cruzadas, se encontraba una joven rodeada por sus padres y algunos amigos de la familia. La idea era invitar a todos los amigos para ayudar con el rito de curación y con las oraciones. Las oraciones debían hacerse de manera continua hasta aliviar al enfermo. Yo seguía observando y escuchando con mucha curiosidad desde mi ventana.

La joven se veía inquieta y fastidiada cada vez que doña Victoria le pasaba la escoba por el cuerpo. Doña Victoria insistía en que primero era necesario barrer los malos espíritus de los enfermos durante la noche y bajo una luna llena para después curarlos con aceites, hierbas y más oraciones.

Hacía varios días que la joven se sentía cansada, sin energía. Además, con frecuencia sentía el estómago revuelto y vomitaba todo lo que comía. Le dolía la cabeza, el estómago se le inflamaba y las piernas y los brazos se le hinchaban. Sus padres estaban preocupados por ella y como no se aliviaba ni con las sopas ni con los tés de hierbas que su madre le preparaba en casa, acudieron a consultar con doña Victoria.

—¿Y desde cuándo está enfermita? —preguntó doña Victoria.

—Pues ya tiene más o menos un mes —contestó la madre—. Desde que se apareció una lechuza la noche que fuimos a un baile en el Rancho de Los Laureles. Antes de que oscureciera, la lechuza andaba sobrevolando la plataforma de madera que habían puesto para bailar.

—Al ver a una lechuza tan grande los que estábamos ahí empezamos a echarle maldiciones y a aventarle piedras. Varias señoras trajeron bolsas de sal y le aventaban puñados de sal para que se fuera. Ésa era la única manera de deshacerse de una lechuza. Finalmente la lechuza se fue volando y se paró en la rama de un árbol que estaba cerca de la plataforma. Allí se quedó largo tiempo con la vista clavada en la gente que se divertía platicando, comiendo y bailando.

—Así fue —dijo el padre—. Ya mero sacaba mi pistola para matarla pero dicen que es mala suerte matar lechuzas.

Y sí, era verdad. Los del pueblo creían en el mal que las lechuzas hacían a la gente. Ellos consideraban a la lechuza como un pájaro de mala suerte, poseedora de todo lo malo y con poderes sobrenaturales. Circulaba una gran cantidad de cuentos en el barrio que la gente solía repetir. Hasta los hombres cuando se juntaban en la cantina o cuando acudían a los velorios, contaban cuentos de lechuzas.

—San José, padre de nuestro Jesús, envía tu misericordia a esta niña y dale su salud.

—Te rogamos, Señor.

—Santa María Magdalena, borra todo el mal que esta lechuza ha puesto en el cuerpo de esta niña.

—Te rogamos, Señor.

Doña Victoria seguía con sus oraciones y sin descansar seguía barriendo el cuerpo de la joven con una escoba usada ya en innumerables curaciones. Cada pasada de escoba era para barrer los males del cuerpo y echar fuera la presencia de los malos espíritus que supuestamente la lechuza había puesto dentro del alma de la joven.

Pero Doña Victoria era muy astuta. Ella era muy sabia y dudaba que una lechuza le hubiera hecho mal a la joven.

—Entonces hace un mes más o menos que empezó a enfermarse la jovencita ¿verdad? ¿Y esto después de ver a la lechuza en el baile?

—Sí —contestó la madre—, más o menos.

—Y, cuéntenme, ¿qué pasó en ese baile? —preguntó doña Victoria.

—Pues como le he dicho, mientras nosotros bailábamos y tomábamos la lechuza rondaba por allí. Luego de un tiempo no la volvimos a ver —contestó el padre—. La lechuza desapareció de donde reposaba en la rama del árbol y nosotros nos olvidamos de ella.

Pero bajo la rama donde se había posado la lechuza estaba un joven. Estuvo allí parado por un largo tiempo con los ojos clavados en las jovencitas que estaban en el baile. Poco a poco empezó a acercarse hacia a la plataforma. Era un joven bastante guapo y bien vestido. Llevaba una chaqueta roja, una corbata y unas botas raras. Bueno, las botas parecían pezuñas de vaca. El pelo lo tenía rizado y bien peinado y sus ojos brillaban como el fuego. Cuando al fin se acercó, empezó a bailar con las jóvenes. Ellas le coqueteaban. El galán mostró ser buen bailarín y bailó con todas las muchachas. Zapateaba y daba vueltas con su pareja como si estuvieran bailando en el aire. Luego abrazaba tiernamente a la joven y se acercaba bailando ombligo con ombligo.

Así que bailó con todas las jovencitas esa noche. Ellas se ponían en fila esperando su turno para bailar con él. Pero el galán miraba a una joven en especial. Era hermosa y delicada. Empezó a bailar sólo con ella y mientras bailaban una de esas canciones populares, daban largas vueltas y piruetas por todo el piso. El joven poco a poco guió a la joven hasta llevarla a un lado de la plataforma. Siguió bailando y guiándola hasta llegar bajo el árbol donde antes reposaba la lechuza. La gente no se dió cuenta pues en ese momento todos se estaban divirtiendo bailando.

Ahora la joven que estaba acostada en el zacate en el solar de la casa de doña Victoria en realidad cargaba el fruto de esa noche: el fruto de esa visita debajo del árbol y de esos bailes con el joven.

Doña Victoria se dio cuenta de que la joven tenía señas de embarazo. A los nueve meses después de la fiesta, la jovencita daría luz a un niño.

La gente del barrio murmuraba y chismeaba y por todos lados se decía que ese niño era el fruto de aquella lechuza que se convirtió en un joven la noche del baile. Hasta la fecha no se sabe quién era ese forastero que se apareció debajo del árbol donde la lechuza se puso a descansar.

stare straight ahead. This gives them a mysterious look. In order to see on their sides, the owls have to move their heads. They have binocular vision. That is to say, they can see with their two eyes at the same time like a man. No other bird can do this.

Don Cecilio told us the stories that are recounted here. It's not important if the stories are true or not. What's important is that, at that time, they were very interesting. Like all good stories, they'll never be forgotten.

Alonso M. Perales

INTRODUCTION

There are many legends about owls. Each neighborhood has its own stories. Each version describes the owl in a different way. Some stories describe it as having a woman's body, the face of an owl and dressed in white. Other stories say it's a monster with a tail and the devil's horns. Others say the owl sometimes transforms into a man and feeds itself by sucking blood. Since the owl always comes out at night, all the stories begin the same: *One dark night . . .*

Each story has something mysterious in it and ends with tragedy. According to the stories, wherever the owls appear, there's bad luck. To avoid tragedy or bad luck after seeing an owl, people say you should whistle and curse at it. They also say you should throw salt at it to scare it away.

But, poor owl! It's such a good animal! It serves man like no other bird. It's the most useful and the most maligned. It helps the rancher to get rid of rats and other enemies.

All owls are portly with a short body, large head and eyes, and very strong wings and talons. Although they're known for being wise, they're also considered less intelligent than the duck or the magpie. The owl's eyes don't move rather they always

PROLOGUE

In these folktales about owls, witches and spooky creatures, Alonso Perales continues his work of enriching and building awareness about the Hispanic language and culture, which is such a critical part of Texas. The bilingual edition of this book reminds us that the Spanish language should be respected and valued along with the principal language of Texas, English.

Contemporary literature in Spanish by Tejanos honors our origins and, in this collection, Alonso illustrates the most important way we can pass on our heritage. By telling stories to our children and adolescents, we are building a legacy for future generations.

Witches, Owls and Spooks transports us to a world of fantasy, but also to a time and a reality very different from our own. There are great spiritual lessons in these stories that will enrich our children and their children.

Juan Torres Soler
Xabia, Spain
2008

1

For my grand children and great-grand children:
"Keep our culture alive."

CONTENTS

Witches, Owls and Spooks is funded in part by grants from the City of Houston through The Cultural Arts Council of Houston/Harris County and by the Exemplar Program, a program of Americans for the Arts in Collaboration with the LarsonAllen Public Services Group, funded by the Ford Foundation.

Piñata Books are full of surprises!

Piñata Books
An imprint of
Arte Público Press
University of Houston
452 Cullen Performance Hall
Houston, Texas 77204-2004

Illustrations and cover design by Giovanni Mora

Perales, Alonso M. (Alonso Marroquín), 1926-
    Brujas, lechuzas y espantos / por Alonso M. Perales ; traducción al inglés de John Pluecker = Witches, Owls and Spooks / by Alonso M. Perales ; English translation by John Pluecker.
    p. cm.
    Summary: Six eerie tales featuring owls, told in English and Spanish, reveal superstitions about these unusual birds, as well as the culture of the barrio and Mexican Americans who live there.
    ISBN 978-1-55885-512-0 (alk. paper)
    [1. Owls—Fiction. 2. Supernatural—Fiction. 3. Mexican Americans—Fiction.] I. Pluecker, John, 1979- II. Title. III. Title: Witches, Owls and Spooks.
    PZ73.P4638 2008
    [Fic]—dc22

2007047398
CIP

♾ The paper used in this publication meets the requirements of the American National Standard for Information Sciences—Permanence of Paper for Printed Library Materials, ANSI Z39.48-1984.

WITCHES, OWLS AND SPOOKS

by Alonso M. Perales

English translation by John Pluecker

PIÑATA BOOKS
ARTE PÚBLICO PRESS
HOUSTON, TEXAS

DON CECILIO

That night it was incredibly cold and though Papá and Mamá didn't want us to leave the house, we had convinced them to let us go to Don Cecilio's house to hear another one of his famous stories. After all, Don Cecilio lived close by and we assured Mamá that we wouldn't be cold with our coats and jackets on.

All of the children from the barrio were gathered around Don Cecilio, anxious to hear those stories that gave us the shivers and made our hair stand on end. Outside the house, the whistling of the wind mixed with the screeching of an owl that we knew was in the tree in front of the house. We had seen it there a lot, gurgling and staring at us. The room where we gathered together didn't have enough chairs for us to sit down, but we didn't need them because we always sat on the floor. The dull light from the lamp gave off a pleasant warmth. Occasionally, a cold draft would pass through the cracks in the walls and would creep into our bodies, reaching all the way to our bones.

As always, Don Cecilio would fill his cup with coffee, sit down in his armchair, and begin to sip it. Anxious to hear that night's story, we knew that with each sip the story grew closer.

"One dark night, in the barrio," he would begin. This was the signal that the story was beginning.

5

THE BUNDLE

In my barrio, they told the story of a family — a husband, his wife and seven young children — who lived, long ago, on a ranch to the south of town.

One day, as the kids played outside near the edge of the woods, one of them disappeared. The mom yelled for them to come back for dinner and everyone returned except Tomás, the youngest.

"Tomás! Tomasito!" Mother screamed. But Tomás didn't answer. So Father set out into the woods to look for the boy. When he got to a tree, he climbed up and shouted all around, "Tomás! Tomás!" But Tomás didn't answer. Night was already approaching and everything around was starting to fade into the darkness.

Father climbed down from the tree and started to walk toward the ranch. When he got home, he saw an owl flying high above the trees. It was carrying a bundle in its talons. But Father couldn't see very well, since it was already dark. Besides, the owl was flying very fast.

Father thought, *Is that bundle Tomás? No! That's impossible! An owl can't carry a forty-pound child.*

Father got back to the house and stopped for a moment before going in. He looked toward the

woods and sighed sadly. He went into the house and found his wife crying.

"We have to be strong and have a lot of faith in God and in the Virgin Mary," he said. The family sat down to eat dinner but no one was hungry.

Everyone really missed Little Tomás. Although he was very spoiled, he was the most beloved of all.

Finally, midnight came and everyone fell asleep, except Father. He was lying down, staring at the ceiling. He thought about the owl and asked himself, *Is it possible that the bundle the owl was carrying was my son?*

Time passed and the family continued looking for Tomás. They never lost hope of seeing him again. But Father and Mother doubted they were going to find him alive.

Father noticed that from the time when Tomás had gotten lost, an owl had begun to visit the ranch and to land in a nearby tree. Father wasn't sure, but it looked like the same owl that he'd seen when his son disappeared. It was big, gray-colored and with enormous eyes. Two or three times, Father had tried to kill it, but he never could. Every time he aimed the rifle, the owl would fly away and land in another tree.

One night, as everyone slept, a noise woke up the father. He opened his eyes and listened closely. He seemed to hear one of his children's voice. He got up, put on his clothes and walked into the room where the children were sleeping. Everyone was there. Everyone was sleeping.

He could still hear the voice, it was like someone were crying. So he went outside and looked all around. Nothing. He walked until he came around behind the house. Nothing. He heard the voice again. This time he heard it much more clearly and closer. It sounded like Little Tomás' voice. The voice seemed like it was coming from the woods. Father took the lamp and began to walk toward the place where he heard the voice. He went into the woods and walked with the light of the lamp ahead of him. As he walked, he heard the voice closer. Almost crazy, thinking that the voice belonged to Tomás, Father shouted, "Tomás! Tomasito! It's me, your father! Where are you, son?"

Father started to run. It didn't matter to him anymore what he was running through. The branches and weeds scratched his arms and ripped his clothes.

"Tomás! Son! Where are you?" shouted Father.

"Papá! Papá! Here I am!" The voice answered.

Father kept on running like a madman.

Father's screaming woke up Mother. She got up really scared. Not finding her husband at her side, she got up to look for him. She looked in the children's room but she didn't find him. She went outside and heard the shouts of her husband again and saw him go into the woods.

"No! No! Don't go in there!" shouted Mother. It was already too late, the husband couldn't hear her because he was already running like a madman.

After a long time, Mother saw an owl fly above the trees. It was flying fast and it seemed to be car-

rying a bundle in its talons. The bundle was quite large and also heavy. The owl could hardly fly.

Is it possible? Is it possible that the bundle it's carrying is my husband? Mother said to herself.

A year after Tomás and his dad had dissappeared, Mother moved from the ranch. She rented a house on the opposite side of town, where she cared for her children. She would tell all her neighbors how an evil owl had taken Little Tomás and her husband.

People who would pass near the ranch where Mamá and her family used to live would often say that the house was always full of owls, and at nighttime, voices were often heard screaming, "Tomás! Tomás! Papá! Papá!"

VIOLETA

The people in the barrio swore that the little old lady who lived on the corner close to the creek was a witch and turned into an owl at nighttime. Even though no one had seen her, everyone thought it was true. Because of this, no one wanted to pass by her house. So when it began to get dark, all of the children who were playing on the corner would go home. The ones who had to pass by the old lady's house, instead would go two or three blocks in the other direction so they wouldn't have to pass by there.

One night, as the children played, an owl flew by close to them and landed on a tree. It stared at the children and started to gurgle. Seeing the owl, all the children ran to their houses. Violeta didn't realize that she should run too. So she kept playing.

The old lady went out of her house. When she saw the owl in the tree so close to the girl, she went up to her. The old lady motioned to the owl and it stopped gurgling.

"What are you doing here, my daughter?" asked the old lady.

"Well, I'm not your daughter, and can't you see? I'm playing," answered Violeta.

"I know, little girl," responded the old lady.

Violeta kept on playing.

"Tell me," asked the little old lady. "Aren't you scared of me?"

"And why would I be scared of you?" replied Violeta. "Don't you see that I'm just as ugly as you?"

The old lady sat down next to Violeta and the two began to talk. The time flew by, and since Violeta was an orphan, the relatives she lived with didn't care about her. They didn't send her to school so she didn't know how to read or write. They didn't care if she was clean either. That's why Violeta's hair was never combed and her clothes were always dirty.

"Tell me, Violeta. Would you like to be really pretty and smart?"

"And what would that do for me?" answered Violeta.

"Well, being pretty and smart, you could be rich and have a lot of power," answered the old lady.

Violeta thought a little. It was true. Being pretty and smart very well could make her rich and have servants all around her. Besides, she could travel all over the world and not depend on relatives who didn't love her.

"Yes, but how do I do that? Can you help me?"

"It's not that easy, but if you give me your soul I can help you."

"And what do you want my soul for?" Violeta asked.

"I need it, my daughter. I need it," said the old lady, smiling.

"Yes, but what for?"

"That's none of your business."

"Then, how am I going to look pretty and smart without a soul?"

"Ah, what a little girl. You really are dumb."

The old lady explained that she was going to change Violeta into a very pretty and smart girl. After Violeta spent a long time enjoying her beauty, an owl would visit her. This visit would happen a little before Violeta would die.

"The owl will suck your blood with your soul and will bring it to me," said the old lady.

Violeta was so excited about being rich, pretty and smart that she made the deal with the old lady.

There was no doubt that the most beautiful and the most intelligent girl in the barrio was Violeta.

"Look how pretty Violeta's become!" The boys in the barrio would say.

"Look how smart she's become!" The girls would say.

Now that Violeta had made the deal with the old lady, she started to visit her often. This caused a lot of rumors in the barrio. Her friends stopped talking to her little by little. Now no one would approach her.

Violeta missed her friends so after a couple of months passed, she decided that it wasn't a good idea to exchange her soul for things like beauty and intelligence.

One night, Violeta said to the old lady, "Being pretty and smart doesn't do anything for me! Please break the deal that we made."

"Impossible!" The old lady answered. "The deal is done and closed."

This made Violeta very upset and the old lady noticed. Just then, an owl came up and attacked Violeta. The first thing it did was to grab her by the hair and try to suck on her neck. Violeta hit it a few times but she couldn't get free of it. The old lady laughed and shrieked at the same time. Violeta didn't know what to do. She suddenly saw a stick. She grabbed it and hit the owl with it. She had to hit it three, four, five times until finally it flew away. Then, the old lady jumped on top of her. She grabbed Violeta's hair too and tried to suck her blood. But Violeta fought until she was able to free herself and ran out of the house.

The old lady ran behind her but tripped on the door and fell to the ground. She seemed to have hurt her foot because she couldn't get up. Violeta made it to the gate, turned and saw the little old lady turn into an owl. Violeta ran from the house and told the people of the barrio. Later, when they went to look for the old lady at the house all that they found were dead owls in the garden.

THERE'S A GHOST HERE?

Don Jacobo told the story that outside his ranch, balls of fire would appear next to a waterwheel. This always occurred the night after a storm. Don Jacobo and his wife lived alone on the ranch.

The people in town assured him that wherever the fire was, for sure there was treasure because they said that in olden times when the Spanish were moving around all over Texas, they left gold and silver buried everywhere. These stories were very interesting to Don Jacobo.

One night, seeing the balls of fire, Don Jacobo decided to try to look for the treasure. He thought that since he was very religious and always went to mass when the priests visited the town, that he would be protected if something bad would happen.

According to the instructions that they gave in town, it was necessary to follow the balls of fire until they burnt out. When they burnt out, right there was where the treasure was buried. From there, the only thing he had to do was dig.

He had a hard time convincing his wife to come with him. She didn't really want to because she thought that all that business about the balls of fire and the treasure was nothing less than the work of

the devil. But finally, she decided to go. So each one of them, carrying a hoe and a shovel, set out to walk carefully toward the place where they saw the balls of fire.

They walked and walked. First they were alongside the creek, then near the waterwheel, in and out of the woods. They walked so much that they got tired soon.

Finally, the balls of fire stopped moving and little by little they started burning out.

"This is where we dig," said Don Jacobo.

"No, dear, it'd be better to go home, I'm scared," said his wife.

"Well, don't think I'm so brave. I'm scared too," answered Don Jacobo. "When we were running behind the balls, I heard a moaning sound."

Despite the fear, they started to dig. As they dug more, they felt even more scared. This same fear told them that it would be better to go back home.

Then Don Jacobo suggested, "It'd be better if I dig alone. We're gettin' close here."

"There's a ghost here?" Don Jacobo heard his wife say.

Don Jacobo threw the hoe and started to run. Not wanting to be left alone, his wife set off running behind her husband.

When they got home, his wife asked him why he'd abandoned the plan and set off running.

"Because you said, 'There's a ghost here.'"

"No, fool, I said, 'We're gettin' close here!'"

DOÑA VICTORIA

Two or three days had passed and Doña Victoria was still in great pain. She had been sick for several months but she hadn't been as seriously ill as today.

"Poor thing, and she was such a good person," said Mamá.

I remembered the time that a boil had appeared under my left eye. Besides the pain the damned thing caused me, my friends made fun of me because that side of my face was so swollen that I looked like a toad.

Anyway, I remembered that Doña Victoria was the only one who had been able to cure me. She put a solution of lard and I don't know what else in a fig leaf. She would heat it and as she put it on the boil, she would pray. Mamá took me to her two times a day for the treatment, and, two weeks later, the bump dissappeared.

That's how Doña Victoria was. Everyone in the barrio went to her when they needed healing. She had treatments for all kinds of diseases.

"Let's go see how Doña Victoria is doing," Papá said. Although I didn't really want to go, I knew that it was useless to ask for them to leave me alone at home. In the first place, they thought that I was still too little to be alone in the house. But also, since

Doña Victoria had cured me of that damned bump, I had the responsability to go up to her and give her a kiss on the hand, as was the custom to show her my appreciation.

That night, we walked to Doña Victoria's house. We usually walked in the middle of the street since there were no sidewalks. There were rarely any cars in that barrio and the unpaved streets were always empty. We were walking in the street when I noticed that Mamá and Papá—each one at my side—suddenly stopped. I watched Mamá and Papá and both of them were staring straight ahead.

I looked straight ahead too, but I didn't notice anything strange. Then Papá asked Mamá, "What do you see?"

"Nothing!" Mamá answered and made the sign of the cross, "Let's keep going."

She made the sign of the cross a second time a while later. When we got to Doña Victoria's house, a person ran out the door. It was a tall, skinny person with a pale face. The person was wearing a white suit and ran so fast that they almost stumbled into us. When the person passed by, their arm brushed against mine and I felt a very strange cold feeling. We saw the person run down the street until they dissappeared.

"I don't know who that is. I haven't seen that person around here," Papá said.

"Me neither," said Mamá. "It must be someone Doña Victoria knows."

Then we heard crying. We went in quickly, Doña Victoria had died. I felt nothing. I felt confused because there were a lot of things I still didn't under-

stand. I did feel bad seeing Mamá crying and Papá so sad.

They let me go outside then into the yard while Papá and Mamá finished up with their obligations. I already knew well the customs of the barrio when there was a deceased person. All the families had to offer their services to the family with the tragedy. The arrangements had to be made, like calling the priest at the church, talking with the people from the cemetary and getting the coffin. Also the house had to be readied for visitors who needed a place to stay if they were to spend the night there. Food had to be prepared as well. Everyone in the neighborhood would give something for the food or would offer their house to those who would attend the wake.

The wake was a very special occasion for the children. They would put all the children in just one room and would lay us down on the floor. We would spend the night talking and making each other laugh and listening to the jokes that the grown-ups would tell outside. Obviously those jokes weren't meant for our ears.

I was thinking about all this as I waited for Papá and Mamá to finish up. I was barely going to start playing marbles when I heard a voice that said: "Psst, Chito. Hey, Chito, come here!"

I turned around and saw a person standing in the darkness.

The first thing I thought was, *And how does he know my name?*

Curiosity made me go up closer to where he was standing. The first thing I noticed were his eyes and pale face. The eyes were glowing like they had fire in

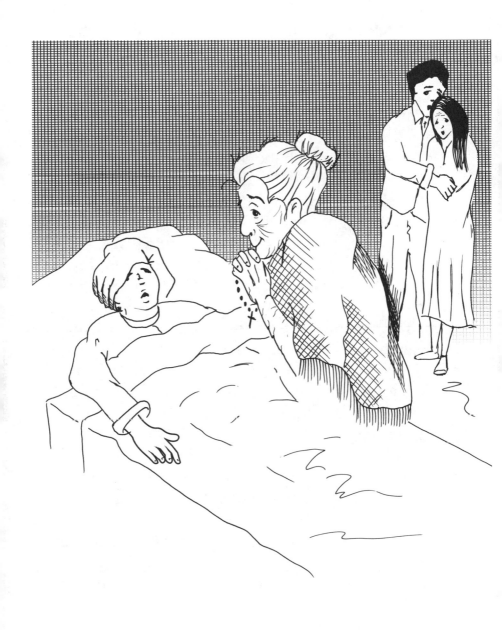

them. His face looked like it was covered with a very white flour. He reached out his hand to take mine in his, but I moved to one side and didn't let him.

"Hey, you want to go with Doña Victoria?" He asked.

"Where to?" I asked.

"To a place really far away from here," he answered.

"No! I don't want to go with you," I said.

"Yes, boy. Don't be a brat. Come with me."

The man didn't pay me any mind and started to walk toward where I was. He stretched out his arms like he was going to grab me.

"Come with me, boy," he said.

"No! No!" I yelled and kept moving back.

Then I started to shout with all the strength I had: "Mamá! Papá!"

I woke up when I felt a cold towel on my head. I was soaked in sweat. I felt a tremendous pain in my head and I also felt very tired. When I opened my eyes, the first person I saw at my side was Doña Victoria. She was sitting on the bed and putting something on my chest as she said some prayers. I felt so happy to see her that I hugged her.

"It's okay, *mi'ijito*," were her first words. "You'll feel well soon. You've been very sick, but you'll get better soon."

At that moment I understood that all this had been a dream. A really horrible dream. A nightmare.

THE BARRIO'S *CURANDERA*

The litany of prayers floated through the air from Doña Victoria's lot, entering the window and reaching the place where I was sleeping. The monotous voices of prayers reminded me of a long necklace or rosary that extended from the lot up to the floor of that room where I was sleeping. We didn't have enough beds for the whole family and one simply laid down where there was space. That litany of melodious prayers was what woke me. I got up and leaned out the window. I began to listen closely.

"Holy Child of Atoche, provide good health for this young girl."

"We pray in your name, Lord."

"Don Pedro Jaramillo, give strength to this young person."

"We pray in your name, Lord."

"Merciful Jesus, cast out all evils that this young woman carries inside her."

"We pray in your name, Lord."

Doña Victoria continued praying, while at the same time brushing the entire body of the young girl with a broom. The cloudy evening didn't allow me to see clearly who was lying in the grass or who all was present. Only when the clouds had dispersed

and the moon illuminated the lot, did I realize what was happening.

It was clear that Doña Victoria was healing someone. She was well known in the barrio as a *curandera*. She was an expert in all types of home remedies. And as there was a lack of clinics, doctors and medicine in that poor neighborhood, all the sick people turned to Doña Victoria. It didn't matter what sickness one was suffering from—upset stomach, flu, back pain, pregnancy, pain in the bones, evil eye, fear, bad luck—she had cures for all types of problems. She also was familiar with all types of spiritual treatments for any occasion. Doña Victoria did not charge for healings and only accepted donations—fruit, vegetables, gifts, and stews—whatever people could give her. There wasn't enough money and there was quite a real lack of work in the entire region.

On the grass, lying on her back with her hands together, the girl was surrounded by her parents and several family friends. The idea was to invite as many friends as possible to help with the healing ritual and also with the prayers. The prayers had to continue until the healing was performed. I continued to observe and listen out of curiosity.

The young girl looked restless and annoyed each time that Doña Victoria passed the broom over her body. Doña Victoria insisted that the first thing that was necessary before healing with oils, herbs and more prayers was to sweep off the evil spirits at nighttime and under a full moon.

The young girl had been feeling tired and listless for several days. She complained of having an upset stomach and would vomit everything she ate. Her head hurt and her stomach was expanding and her arms and legs were swollen. Her parents were worried about her. When the girl didn't improve with the soups and herbal teas that her mother prepared for her at home, they came to consult with Doña Victoria.

"And how long has the girl been sick?" Doña Victoria asked.

"Well, for about a month or so," answered the mother. "Ever since the owl appeared the night we went to a dance in the Rancho de Los Laureles. Before it got dark, an owl was flying around the wooden platform they had put outside for dancing.

"When we saw that big owl, everybody who was there, started to curse it and throw stones at it. Several ladies brought bags of salt and they threw handfuls of salt so that it would leave. Everyone knew this was the only way to get rid of the owls. Finally, the owl flew away from there and it perched on a tree branch away from the platform. It stayed there for a long time staring at the people who were enjoying themselves, talking, eating and dancing."

"That's what happened," said the father. "I almost took out my pistol to kill it, but they say it's bad luck to kill owls."

Yes, it was true. The people in that town believed in the evil that owls did to people. They thought that the owl was a bird of bad luck, holder of evil and supernatural powers. There were many stories in that barrio that the people used to tell. Even the men

when they would get together in the cantinas in the barrio or when they attended wakes would always tell stories of owls.

"Saint Joseph, father of our Jesus, send your mercy to this girl and grant her health."

"We pray in your name, Lord."

"Saint Mary Magdalene, take away all of the evil that this owl has placed in the body of this girl."

"We pray in your name, Lord."

Doña Victoria continued with her prayers and without resting kept on sweeping the body of the young girl with a broom that already was worn out from years of use in many healings. Each swoop of the broom was to remove the evil from her body and banish the presence of evil spirits who they thought the owl had placed inside the soul of the young girl.

But Doña Victoria was very wise. She had considerable knowledge and doubted that an owl had hurt this girl.

"So it's been about a month or so since the young girl began to get sick, right? And that was after seeing the owl at the dance?"

"Yes," answered the mother, "pretty much like that."

"And, tell me, what happened at that dance?" Doña Victoria asked.

"Well, like I said, as we were dancing and drinking that damned owl was flying around and then we didn't see it again," answered the father. "The owl just disappeared from the spot where it was sitting on the tree branch. We forgot about it."

But there was a young man standing below that branch. He stood there for a long time staring at the young women who were at the dance. Little by litte, the young man began to move closer to the platform. He was quite handsome and well dressed. He wore a red jacket, a bolo tie and strange boots on his feet. Well, the boots looked like cow hooves. His hair was curly and combed well and his eyes shone like a flame. When he made it to the platform, he began to dance with the girls. The girls became flirtatious. The gentleman danced really well with every girl there. He would tap his feet and twirl around with his partner as if they were flying through the air. Then he would hug his partner gently and he would draw her close, dancing navel to navel.

So he danced with every girl. The girls got in a line, waiting for their turn to dance with him. But the handsome young man was watching one girl. She was pretty and had a certain daintiness. He began to dance just with her, and as the two of them danced one of those popular songs, they spun and twirled around the dance floor. The young man little by little led the young girl to one side of the platform. He kept dancing and leading her until they reached the spot under the tree branch where the owl had perched before. The people didn't notice what was happening, because by that time everyone was really having fun dancing.

Now that girl lying in the grass in the lot of Doña Victoria's house in reality bore the fruit of that night. The fruit of that visit under that tree and of those dances with the young man.

Seeing her lying down there, Doña Victoria realized that the girl was showing the signs of pregnancy. Nine months after the party, the young girl gave birth to a boy.

The people of the barrio whispered and gossiped and all around, they said that boy was the fruit of the owl who had turned itself into a young man. Even today, no one knows who that young stranger was who appeared under a tree where an owl perched.